초록은
채워지는 빛깔이네

초록은 채워지는 **빛깔**이네
하청호 동시집

초판 인쇄 | 2006년 08월 25일
초판 발행 | 2006년 08월 30일

지은이 | 하청호
펴낸이 | 신현운
펴는곳 | 연인M&B
디자인 | 이희정
기 획 | 여인화
등 록 | 2000년 3월 7일 제2-3037호
주 소 | 143-874 서울특별시 광진구 자양동 680-25호 (2층)
전 화 | (02)455-3987, 3437-5975 팩스 | (02)3437-5975
홈주소 | www.연인mnb.com / www.yeoninmb.co.kr
이메일 | yeonin7@chol.com

값 7,000원

ISBN 89-89154-62-6 03810

초록은
채워지는 빛깔이네

하청호 동시집

연인 M&B

열한 번째 동시집을 엮는다.
작품은 5부로 나누어 읽기 편하게 했다.
수록된 작품은 어린이들이 쉽게
이해할 수 있는 것과, 깊이 생각해야
동시의 참맛을 알 수 있는 것들이다.

그리고 요즈음 어린이들이 눈뜨고 있는
사랑의 감정을 담은 작품도 몇 편 수록하여
동시를 읽는 맛을 돋우게 했다.

나의 동시에 배어나는 문학적 향기를
함께했으면 좋겠다.

2006년 여름
하청호

| 차례 |

1 ✿ 폭포

2 ❀ 세상에서 제일 듣기 좋은 소리

3 🦋 ~무렵

4 ❀ 초록은 채워지는 빛깔이네

5 🦋 별빛과 복권

1

폭포

누구인가.

높푸른 바위벽에
하늘에서
땅으로 내리치는
저 힘찬 손길

흰 물감 듬뿍 찍어
하늘에서
땅으로
단숨에 내리 긋는
저 힘찬 붓질

하얀 폭포.

폭포

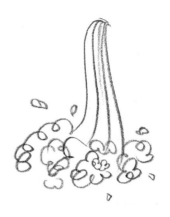

누구인가.

높푸른 바위벽에
하늘에서
땅으로 내리치는
저 힘찬 손길

흰 물감 듬뿍 찍어
하늘에서
땅으로
단숨에 내리 긋는
저 힘찬 붓질

하얀 폭포.

매발톱꽃

마을 꽃밭에
누군가
매발톱꽃 두 포기를
심어놓았네.

꼬부라진
분홍빛 매 발톱
지나가는
바람 한 자락을
할퀴네.

매는 날아가고
발톱만 남았네.

달맞이꽃

여름밤
뒤뜰에 나서 보니

아! 웬 노랑나비 떼인가.

가까이 다가가 보니
수런수런
첫 꽃잎을 열고 있는
달맞이꽃
달맞이꽃들.

오 월

장미꽃 봉오리
그 봉오리에
해님은 쉼 없이
햇살을 부어넣고 있다.

하루
이틀
햇살의 무게에 못 이겨
장미꽃 활짝 벌어졌다.

장미꽃 속에서
차르르
차르르
쏟아져 내리는
빛 구슬, 구슬.

비 오는 날

퉁탕 퉁탕
두두—두
두두두

지붕 위에
빗방울들 좀 봐.

사뿐 사뿐 내리지 않고
저렇게
퉁탕 퉁탕
발을 굴리며 내려와야 해.

그래 그래
하늘에서 내릴 때
맨발이 아프지도 않나.

어머 소리가 더 커지네
빗방울들이
우리 얘기 들었나 봐
더 세게 발을 굴리네.

우당탕 퉁탕
두두―두두
두두두두

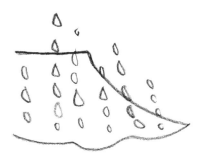

인형

아버지가 커다란 곰 인형을 사왔다.

"얘야, 곰 인형 좋지
잘 때 안고 자."
"아빠 괜찮아, 내겐 더 큰 인형이 있어."
"그게 뭔데."
"엄마 인형."

"내가 잠들 땐
엄마 인형을 꼭 껴안고 자
엄마 인형도 나를
꼭 껴안아 주거든."

잠이 옮았어요

아기가 태어났어요.

아기는 낮에도 자고
밤에도 자요
그런데 아기 옆에 가면
엄마도 잠을 자요
낮에는 엄마가
잠을 자지 않았는데
아기 옆에 가면 잠을 자요.

아기한테서
잠이 옮았나 봐요.

물

물에 손을 넣었다
물은 내 손을
사랑스럽게 감싸주었다.

어머니, 물이 참 부드러워요
그래 사랑하는 마음은
모든 게 부드럽단다.

물은 살며시
내 마음도 감싸주었다.

벚꽃

왜 그리
서둘러 왔다가
서둘러 가는지
봄 햇살은
네게서 머뭇거리고

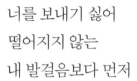

너를 보내기 싫어
떨어지지 않는
내 발걸음보다 먼저

하르르 하르르
꽃잎이 지네
봄날이 가네.

아기와 엄마

아기가
까르르 웃었다
엄마도 웃었다.

아기의 웃음은
입 속에 있고

엄마의 웃음은
눈 속에 있다.

꽃을 보며

꽃을 보았습니다.

외진 길섶에 피어 있는
빨갛고 고운 꽃을 보았습니다
나는 눈이 부셔 가까이 가지 못하고
먼발치에서 보았습니다.

내가 너에게 가까이 가지 못하듯
꽃도 먼발치에서
안타깝게 쳐다보고 있었습니다.

나와 꽃 사이에는
설레임만 가득했습니다.

2

세상에서 제일 듣기 좋은 소리

엄마,
엄마는 내 어떤 소리가
제일 듣기 좋아요.

네가 맛있게 음식 먹는 소리도 좋고
노랫소리도 좋고
웃음소리도 좋지.

그런데 왜 묻니!

응, 영수 엄마는
영수의 책 읽는 소리가
세상에서
제일 듣기 좋은 소리라고 했어요.

정말 그렇구나
너희들이 책 읽는 낭랑한 소리가
세상에서 제일 듣기 좋은 소리네.

세상에서 제일 듣기 좋은 소리

엄마,
엄마는 내 어떤 소리가
제일 듣기 좋아요.

네가 맛있게 음식 먹는 소리도 좋고
노랫소리도 좋고
웃음소리도 좋지.

그런데 왜 묻니!

응, 영수 엄마는
영수의 책 읽는 소리가
세상에서
제일 듣기 좋은 소리라고 했어요.

정말 그렇구나
너희들이 책 읽는 낭랑한 소리가
세상에서 제일 듣기 좋은 소리네.

봄비와 봄 땅

봄비가 내리고 있다
메마른 봄 땅은
하늘로 조그만 입을 열고
빗물을 받아 마시고 있다
푸른빛이 나무 속에서
내비치고 있다.

봄 땅은 생각했다
'그래 나 혼자 마셔서는 안 되지'
봄 땅은 조그만 입을 꼭 다물었다.

봄 땅이 마시지 않은 봄비는
낮은 곳에 모여 작은 물길을 내고
작은 물길은 다시 모여
큰 물길을 만들어
아래로 아래로 흘러간다.

따가운 봄볕 아래 조그만 입을 열고
'아이! 목말라'
물을 기다리고 있는 다른 봄 땅을 위해
졸졸 소리내며
서둘러 흘러간다.

은하수는 어디로 갔을까

하늘을 보았다
깜깜한 하늘
은하수는 보이지 않았다
은하수가 흘러가 버린 하늘엔
별들도 떠나고,

아직도 떠나지 못한
한두 개의 별이
안쓰러운 눈으로
나를 보고 있다
은하수는 어디로 흘러갔을까.

은하수와 함께 흐르던
그리움과 꿈은
어디로 갔을까.

마음

영희와 놀다가 다투었다
그날 이후 영희를 볼 때마다
미운 마음이 고개를 내밀었다.

제일 친한 친구였는데……

연못가에 앉으니
영희 얼굴이 떠올랐다
나는 내 마음속에 있는
미운 마음을 꺼내어
연못 속에 던져 버렸다.

물 위에
방긋 웃는 영희의 얼굴이
눈부시게 떠올랐다.

자연과 아이들

강이 흐른다.

물과
하늘과 나무가
한 폭의 그림 같다
그런데 왠지
허전했다.

어디선가 아이들이
깔깔대며
그림 속으로 달려왔다.

그제야
물과 하늘과 나무가
제 모습으로 빛나고
한 폭의
아름다운 그림이 되었다.

네 곁에

나는 네 곁에
가만히 있는 그림자이고 싶다.

너는 내게 아무 눈길 보내지 않아도
그냥 그렇게
가만히 서 있고 싶다.

나는 네 곁에
가만히 서 있는 나무이고 싶다
너는 네게 아무 손길 보내지 않아도
네 어깨를 받쳐주고 싶다.

그래 나는 네가
내 곁에 있는 것만도
가슴 설레인다.

황룡사 옛터에서

돌아가 보자
찾아가 보자.

한 삽 지난날을 떠내면
솔거의 옷깃에서 이는
천년의 바람.

또 한 삽 떠내면
늙은 소나무에서
흩날리는 산새 소리.

귀를 기울이면
들리누나
동해의 푸른 파도에 묻어오는
말발굽 소리까지.

공중전화기

캄캄한 밤이었습니다
반딧불이도, 개구리도, 개울물도
모두 잠들었습니다
저 멀리 외길에 불빛 하나
공중전화기만 깨어 있습니다
이 밤에 잠들지 못하는
사람을 위하여
잠들지 못하는 사랑을 위하여
귀를 열어놓고 있습니다.

"얘야, 잘 있지……"

편지

너의 편지를 받으면 가슴이 뛴다
글씨 하나 하나가 나에겐 꽃잎으로 다가온다
편지를 읽어 가면 꽃잎은 하나 하나 어우러져 꽃송이가 되고
꽃송이는 다시 모여 예쁜 꽃다발이 된다
꽃다발 속에는 너의 얘기가 향기 되어 번진다
편지를 다 읽은 내 눈 속엔
너는 어느새 그리움 나무로 서 있다.

내 생각이 작아졌어요

어머니
아주 어릴 때 내 생각은
학교 운동장 만했어요
나는 넓은 생각의 운동장에서
마음껏 상상의 나래를 폈어요
그런데 자랄수록
내 생각은 조금씩 줄어져 갔어요.

애야, 그건 안 돼
그런 생각은 하지 말아야지
그것도 안 돼
그 생각은 좋지 않아.

어른들이
'하지 마라' 할 때마다

내 생각은 잘려 나갔어요
무참히 잘려 나갔어요
처음에는 학교 운동장 크기였는데
차츰 줄어 유치원 놀이터 크기만 했다가
지금은 피자 크기만 해요.

어머니
몸은 점점 커지는데
생각은 점점 줄어들고 있어요.

바닷가에서

서러운 마음에
바닷가에 나왔습니다
바다는 기다렸다는 듯
내 곁에 살며시 다가왔습니다
백사장까지 단숨에 올라와
내 손을 누나처럼 쓰다듬고는
물러갔습니다.

또 가만히 다가와
손등을 어루만져 주고 갔습니다
바다의 눈은 깊고 푸르렀습니다.

나는 바닷가를 거닐었습니다
백사장의 발자국처럼
내 마음 밭에 서러움이 하나—둘

아픈 흔적으로 찍힐 때
바다는 강아지처럼 내 뒤를
쫄랑 쫄랑 따라오며 속삭였습니다.
'서러운 마음은 내게 모두 줘
내가 깨끗이 씻어 줄게'

바다는 쉼—없이 내 가슴속까지
파고들어 왔습니다
바다와 나는 한나절 함께 있었습니다
어느새 내 마음속에는 바다 마음이
가득 들어와 출렁였습니다
내 눈도 바다처럼 깊고 푸르렀습니다.

3
~무렵

아버지는 무렵이란 말을 참 좋아한다
무렵이라는 말을 할 때
아버지의 두 눈은 꿈꾸는 듯하다.

감꽃이 필 무렵
보리가 익을 무렵
네 엄마를 처음 만날 무렵
그 뿐이 아니다
네가 말을 할 무렵
네가 학교에 갈 무렵

아버지의 무렵이란 말 속에는
그리움과 아쉬움이 묻어 있다.

나도 유치원 무렵의 친구들이 생각난다
나에게도 아버지처럼
무렵이란 말 속에는 그리움이 배어 있다
가만히 눈을 감고 무렵이란 말을 떠올리면
그리운 사람이 어느새 내게 와 있다.

~무렵

아버지는 무렵이란 말을 참 좋아한다
무렵이라는 말을 할 때
아버지의 두 눈은 꿈꾸는 듯하다.

감꽃이 필 무렵
보리가 익을 무렵
네 엄마를 처음 만날 무렵
그 뿐이 아니다
네가 말을 할 무렵
네가 학교에 갈 무렵

아버지의 무렵이란 말 속에는
그리움과 아쉬움이 묻어 있다.

나도 유치원 무렵의 친구들이 생각난다
나에게도 아버지처럼
무렵이란 말 속에는 그리움이 배어 있다
가만히 눈을 감고 무렵이란 말을 떠올리면
그리운 사람이 어느새 내게 와 있다.

누가 가르쳐 주었을까

비 오는 날
연잎에
빗물이 고이면
가질 수 없을 만큼
빗물이 고이면

고개 살짝 숙여
또르르 또르르
빗물을 흘려보내는 것을

누가 가르쳐 주었을까
가질 만큼만 담는 것을.

잠이 오지 않는 밤

또각 또각
시간이 나를 업고
밤을 건너가고 있다.

또각 또각
어둠을 딛고 가는
시간의 발자국 소리가
방 안을 꽉 채우고 있다.

모퉁이

나는 모퉁이를 좋아해.

어머니와 손잡고
먼 길 갈 때
어머니는 이렇게 말씀하셨지
"애야, 저 언덕 모퉁이만 돌면 돼."

나는 힘든 것은 잊어 버리고
모퉁이를 돌면 나타날 모습에
마음이 설레였다.

그런데 모퉁이를 돌고 나면
다른 모퉁이가 나타났다
저 모퉁이를 돌고 나면
또 무엇이 있을까.

나는 도시의 길모퉁이
시골길 아련히 굽이쳐 간
모퉁이를 보면
새롭게 펼쳐질 모습에
언제나 마음이 설렌다.

마음 그릇

아버지는 사람마다
마음 그릇 하나씩 있다고 했다
크기가 종지만한 사람
밥그릇만한 사람
동이만한 사람이 있다고 했다.

그런데 아버지는
언제나 이렇게 말했다
"얘야, 어릴 때는 글공부도 해야겠지만
더 중요한 것은
마음 그릇을 키우는 공부란다
책을 읽어 꿈을 키우고
사람과 사람 사이의 정을 알며
자연을 사랑하는 것 등……"

나는 아버지의 말처럼
내 마음 그릇에 지식을
차곡 차곡 쌓는 것보다
마음 그릇을 크게 키우고 싶다
하늘과 별과 땅의 사랑,
그리고 사람 사이의 일 등
모두 모두 담을 수 있는
커다란 마음 그릇을 갖고 싶다.

지 퍼

점퍼를 급히 벗다가
지퍼가 옷단을 물었다
젖니 같은 가지런한 이빨로
꽉 물고 놓지 않는다.

"그만 놔."

무엇 때문에
화가 났는지
힘차게 당기면
당길수록 더 세게 문다.

"애야, 아무리 지퍼지만
그렇게 함부로 하면 되나."

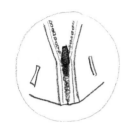

어머니는 지퍼의 손잡이를
조심스럽게
올렸다 내렸다 하면서
지퍼를 달래었다.

그제야 지퍼는 꼭 다문
입을 열었다.

"앞으로 조심해."

지퍼가 내게 말하는 것 같았다.

이사 가는 날

이사 가는 날
헤진 동화책과
낡은 장난감이
서로 눈치를 본다.

'나는 데려갈 거야'

헌 책상과 의자도
마음이 초조하다.

'나는 영이와 함께
공부했으니까
데리고 갈 거야'

이사 가는 날
모두 모두
눈치를 보며
차에 타기를 기다린다.

손톱 깎기

톡 톡
손톱을 깎는다.

내 짝과 싸울 때
손톱을 세웠던 마음도
깎인다.

동생을 울렸던
모난 마음도
깎인다.

톡 톡
내 마음에서 떨어지는
날이 선 마음들
모난 마음들.

봄날에

꽃잎이 흔들려 바람이 일까
바람이 불어 꽃잎이 흔들릴까

하늘에서 땅까지
하늘하늘 드리워져
흔들리는
저 곱디고운 명주실 가락들
아지랑이

아지랑이 너머로 흔들리는
봄꽃들.

들 길에서

양지쪽 길섶에
제비꽃 곱게 폈다.

갓 피어난 제비꽃 한 송이
톡 따서 보니
자줏빛 꽃잎에
향기도 좋아라.

뒤따라오던
어린 아기가
쪼그리고 앉더니

"엄마, 참 예쁜 꽃이네."

어린 아기는
한동안 요리 조리 꽃을 보며
즐거워했다
제비꽃도 반가운지
고개를 한들거렸다.

부끄러운 내 손엔
시들어 가는
제비꽃 한 송이.

냇물

내가 물 속으로 들어가면
냇물은
자리를 조금씩 비켜주며
나를 받아준다.

어디선가 개구리 한 마리
풍덩 냇물 속으로 들어서면
"아유, 깜짝이야!"
냇물은 물무늬를 서둘러 그리면서
싫다 않고 받아준다.

냇물은 물고기, 다슬기, 물풀들에게까지
조금씩 자리를 비켜주어
모두 함께 살게 한다.

냇물의 마음은
어머니 마음이다
하늘 마음이다.

눈이 내리네

첫눈이 내리고 있다
지난날의 수많은 얘기들이 내리고 있다
기쁨과 슬픔의 얘기들이
그리움 되어 하얗게 내리고 있다
얘기들이 쌓인 만큼 추억도 하얗게 쌓이고 있다
그 얘기들을 밟으며 지난날로 되돌아가는
기쁜 어깨도 보인다.

꿈길을 열 듯 첫눈이 내린다
우리들은 더욱 빠르게 추억의 그곳으로 달려가고
때론 눈 속에서 잊지 못할 얘기를 꺼내어
가슴마다 그리운 사람을 만든다
불빛 곱게 내비치는 창엔
정겨운 목소리 가만 가만 잦아들고
푹 푹 추억 속에 빠지는 하얀 얘기들
이 밤은 모두 행복할 것이다.

4

초록은 채워지는 빛깔이네

봄 산에 새잎이 난다.

"어머니, 비었던 산이
초록으로 채워지고 있어요."

"정말 그렇네
초록이 채워지는 빛깔이라면
가을날 붉고 노란 단풍잎은
무엇일까?"

"어머니, 그것은
비워지는 색깔이지요."

"그래, 그렇구나."

초록은 채워지는 빛깔이네

봄 산에 새잎이 난다.

"어머니, 비었던 산이
초록으로 채워지고 있어요."

"정말 그렇네
초록이 채워지는 빛깔이라면
가을날 붉고 노란 단풍잎은
무엇일까?"

"어머니, 그것은
비워지는 색깔이지요."

"그래, 그렇구나."

참외 깎기

노란
참외를 깎는다
참외의 속살로
파고드는
칼의 서늘한 기운.

노란 여름이
서걱서걱
잘려 나가고 있다.

무게

너를 보내고
돌아오는 내 발걸음이
참 무겁다
한 발자국 또 한 발자국
옮길 때마다
땅이 끌어당기는 것 같다.

시장에서 돌아오는
어머니의 무거운 장바구니를
들고도 발걸음이
통통 튀듯 가벼웠는데,

내 어깨에
발목에 매달린
너를 향한 그리움
그리움의 무게.

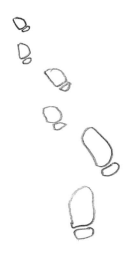

팬지꽃과 아이

주룩 주룩
쏴아 쏴아
소낙비 내리는 소리

팬지 꽃잎이
세찬 빗줄기에
찢어질 것 같다.

지나가던
아이 하나
빨간 제 우산을 씌워주고
뛰어간다.

이 모습을 본
구름 속 해님이
바삐 얼굴을 내민다.

봄 · 그리움

새봄에는
이 땅 어느 것 하나
그리움이 아니랴.

새로 돋는 잎새에도
그리움이 일고

두런 두런
말문을 여는
개울물에도
그리운 목소리 묻어난다.

너는 알까
저기
하늘 하늘 오르는
아지랑이

네게 보내는
내 그리움의 손짓임을……

네가 머물렀다 간 자리엔

친구야!
너와 함께 걷던 오솔길 그대로 있고
함께 고개 숙여 보던 이름 모를 풀꽃
올해도 저리 피어 있고

때로는 네 고운 머리 빗어 넘기기도 하며
부끄럼 없이 네 가슴에 안기던 바람도
저리 향기로운데

친구야!
함께 걷던 오솔길엔
너의 흔적인 듯
자국마다 제비꽃 피어납니다
머물렀던 자리마다
보랏빛 흔적으로 남았습니다.

댐 앞에서

댐 앞에 서서
온갖 소리가 잠겨 버린 물을 본다.

돌돌돌 작은 자갈을 굴리는 소리
송사리 떼 꼬리치는 소리
아이들이 멱감는 소리

아주 작은 소리지만
물잠자리 나는 소리
풀숲에 사는 벌레들 소리

나는 온갖 소리가 잠겨 버린
댐 앞에 서서
정겨운 소리들이
반짝이는 물빛으로
떠오르는 것을 보고 있다.

물방을 하나

어떻게 찾아왔을까!
깊은 산 속에 떨어진
작은 물방울 하나가
우리 동네 앞 시내까지.

그 멀고 먼 길을 어떻게 왔을까!
흙 속으로 빨려들지도 않고
다람쥐나, 노루에게 먹히지도 않고
우리 동네 앞 시내까지.

때로는 잎새에 미끄러지고
자갈에 부딪치며
작은 언덕에서 곤두박질도 했을 거야
그래서 저리도 이야기가 많은 게지.

잠 못 이루는 밤
내 베개 밑에 와서
자랑스럽게 조잘대는
물방울, 물방울 떼……

겨울 산

겨울 산에 가면
깊은 생각에 잠긴
나무를 본다
맨몸으로 하늘 향해
꼿꼿이 서서.

쉬임없이 재잘대던
산 개울물도
걸음을 멈추고
하얗게 앉아 있다.

이따금 산새 두세 마리
깊은 생각 속으로
날아든다.

사랑한다는 것

아름다운 것을 볼 때
너의 눈빛이 팽팽하면
너는 사랑하는 눈을 가진 것이다
부드러우면서도 팽팽한 긴장감은
그 아름다움 속에 숨어서 보는
또 다른 눈빛이 있기 때문이다
사랑한다는 것은 느슨한 눈빛이
팽팽해지는 것이다.

벚꽃과 나비

벚꽃이
하얗게 피었다
봄 햇살 타고
하나 둘 꽃잎들이
시나브로 내린다
나비 한 마리도
사뿐히 내려앉는다.

벚꽃이 나비인가
나비가 벚꽃인가.

봄 잔디 위엔
햇살도
은빛 날개 파닥이며
내려앉고 있다.

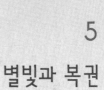

5
별빛과 복권

밤하늘을 보았다
별 하나 없는 까만 하늘
저 까만 하늘에
즉석 복권처럼
동전으로 문지르면
수많은 별이 뜰까!

시골집 밤하늘
그토록 빛나던 별빛처럼
반짝이며
나를 반길까.

별빛과 복권

밤하늘을 보았다
별 하나 없는 까만 하늘
저 까만 하늘에
즉석 복권처럼
동전으로 문지르면
수많은 별이 뜰까!

시골집 밤하늘
그토록 빛나던 별빛처럼
반짝이며
나를 반길까.

숲 속에서

안개 자욱한 숲은
향기롭다
저 멀리 계곡에서
두런 두런 들리는
물소리도 정답다
한 굽이 지날 때마다
산은 다른 얼굴로
나를 반긴다
도시를 떠나온 거리만큼
내 마음도 깨끗해진다.

숲과 물과 산은
있는 그대로의 마음이다
처음 마음이다.

내 마음 갈피마다

동무가 보내온 시집 갈피 속에
놓여진 예쁜 꽃잎
노랗고 빨간 꽃잎.

꽃잎 따라 번지는
들판과 냇물과 바람
그 속에 함께 살아가는
아름다운 소리들.

내 마음 갈피마다
꽃잎처럼 놓여진
동무와 함께
놀며 노래했던 나날들.

풀과 나무와
해와 별과
나와 동무가 온몸으로 썼던 시들.

내 마음 갈피마다
꽃잎에 써놓은
시보다 아름다운 우리들의 이야기
살아 있는 시.

창

사랑은 한 포기 이름 모를 풀에도 있고
작은 벌레에도 있으며
메마른 흙이나 바위에도 있습니다
마치 은혜로움이 이 세상 모든 것에 있듯이
사랑도 그렇게 있습니다.

그러나 우리들이 풀 한 포기, 작은 벌레에 있는
은혜로움을 보지 못하듯
사랑 또한 보지 못합니다
깊은 사랑은
은총의 모습을 볼 수 있는 창입니다.

양금

철사 줄 위에서
통
통
튀어 오르네.

먼 나라에서 온
해맑은 쇳소리.

새털처럼 맴돌다
내 귓가에
사뿐히
내려앉네.

아 쟁

겹겹이 쌓인
마음
올올이 풀어내듯

때로는 시원하게
때로는 간드러지게

손놀림도 예뻐라
오동나무 일곱 줄 위
팽팽한
저 줄 놀이.

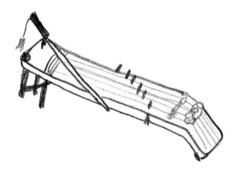

해금

대나무 통 속에
강아지 한 마리 들었나.

깽 깽
깽 깽

누구한테 혼나나
강아지 한 마리.

깨―애엥
깨―에엥……

나의 가정이 우주의 중심에서 반짝일 것입니다

내 몸의 집은 누가 지었을까!
엄마가 말했습니다
애야, 엄마 아빠가 사랑으로 지었단다
엄마 아빠를 낳은 할아버지 할머니도
그렇게 사랑으로 지었다고 했습니다
내 몸의 집은 아직도 튼튼하지 못합니다
엄마는 내 몸의 집이 쑥쑥 자라도록
날마다 꿈을 주십니다
아빠도 내 몸의 집이 어떤 비바람에도 넘어지지 않도록
날마다 힘을 주십니다.

그러나 엄마 아빠는 말했습니다
애야, 너의 몸의 집은 우리가 지어주었지만
너의 마음의 집은 네가 지어야 한다고 말했습니다
내가 어디로 갈지 몰라 허둥거릴 때
엄마 아빠는 내 마음속으로 빛을 보내

갈 길을 밝혀주었습니다
내가 가는 길에 큰 개울이 있으면
엄마 아빠는 다리가 되어 나를 건너게 했습니다
언덕이 높아 오르지 못할 때는
엄마 아빠는 등을 내밀어 내가 딛고 오르게 했습니다
이렇게 내가 힘들 때 언제나 곁에서
내가 크고 바른 마음의 집을 지을 수 있도록
엄마 아빠는 갖고 있는 마음을 아낌없이 주었습니다.

나의 부모는 사랑으로
내 몸의 집을 만들어 주었습니다
내 마음의 집에도 날개를 달아주어
더 높은 곳을 보게 했습니다
때로는 내가 하고 싶은 일들을 마음놓고 할 수 있도록
든든한 울타리가 되기도 했습니다.

내 마음의 집 속엔
엄마 아빠와 나의 가족이 살고 있습니다
꿈과 사랑을 먹고사는
희망이 함께 살고 있습니다
저 드넓은 우주도
나의 가정에서부터 시작됩니다
높이 높이 올라가 하늘에서 보면
나의 가정이 우주의 중심에서
가장 밝은 별이 되어 반짝일 것입니다.

발자국

진달래가 피고
산 찔레가 피고
들국화가 피었다
철 따라 피는 꽃은
시간이 딛고 간
고운 발자국.

저기 산이 있었네

나는 오늘 산으로 간다
등에 진 가방엔 물 한 통, 사과 한 알, 도시락이 전부이다
숙제 걱정, 미움과 성냄도 모두 버리고
새털 같은 마음으로 간다
산은 내게 말한다
모두 버리고 오너라
온갖 허섭스레기 같은 생각을 등짐처럼 지고 오면
너무 무거워.

산 아래에 들어서면
커다란 느티나무가 나를 맞는다
느티나무 새순이 산새 부리 같다
벌써 가슴이 두근거린다
금방이라도 연초록 부리를 열고
지저귀는 소리를 후련히 토해낼 것 같다
숨이 가빠진다

산은 제 등을 낮추어
내가 잘 오를 수 있도록 가파르지 않게
길게 산길을 열어준다

나는 오늘도 산을 오른다
어떤 날은
내가 슬픈 마음을 버리지 못하고
너의 이름 목놓아 부르며 찾아가면
산은 온갖 새들을 불러모아
아름다운 노랫소리로
내 마음을 달래주고

산꽃은 하얀 오솔길에
조로로 마중 나와 나를 반긴다
언제 왔는지 맑은 물소리는
내 마음을 지나며
슬퍼하는 마음을
제 소리에 담아 흘러내린다.

나는 이제 산을 내려간다
산은 어느새 내 가방에
새 소리, 솔바람 소리
산꽃의 향기를 가득 담아주었다
행여 내가 진 등짐이 무거울까 봐
산은 길게 무릎을 뻗어
낮게 낮게
우리 동네까지 길을 펼쳐주었다.